NADA

EL REGALO
QUE
QUERÍAS

Caroline Stern
Nada: El regalo que querías
Título original: *Das Geschenk, das Du Dir gewünscht hast*
Publicado originalmente en Alemania, 2018
Copyright © 2018 by Caroline Stern
Traducción, cubierta y diseño de Caroline Stern
Impreso y publicado por BoD – Books on Demand,
Norderstedt.
ISBN: 978-3-752-82031-7